Charles Baudelaire

Pariser Spleen

22 Gedichte in Prosa

Übersetzt von Camill Hoffmann

Charles Baudelaire: Pariser Spleen. 22 Gedichte in Prosa

Übersetzt von Camill Hoffmann.

Le Spleen de Paris. Erstdruck posthum 1868. Eine Auswahl von 22 Gedichten wurde übersetzt von Camill Hoffmann, Leipzig, Insel-Verlag, 1914.

Neuausgabe mit einer Biographie des Autors
Herausgegeben von Karl-Maria Guth
Berlin 2016

Umschlaggestaltung von Thomas Schultz-Overhage unter Verwendung des Bildes: Étienne Carjat, Charles Baudelaire ca. 1862

Gesetzt aus der Minion Pro, 12 pt

Verlag: Henricus - Edition Deutsche Klassik GmbH
Mörchinger Str. 33, 14169 Berlin, info@henricus-verlag.de
Druck: Libri Plureos GmbH, Friedensallee 273, 22763 Hamburg

ISBN 978-3-8430-8852-7

Bibliografische Information der Deutschen Nationalbibliothek

Die Deutsche Nationalbibliothek verzeichnet diese Publikation in der Deutschen Nationalbibliografie; detaillierte bibliografische Daten sind im Internet über www.dnb.de abrufbar.

Inhalt

Der Fremdling

Wen liebst du am meisten, rätselhafter Mann, sprich? Deinen Vater, deine Mutter, deine Schwester oder deinen Bruder?

»Ich habe weder Vater noch Mutter, weder Schwester noch Bruder.«

Deine Freunde?

»Du bedienst dich da eines Wortes, dessen Sinn mir bis heute fremd geblieben ist.«

Deine Heimat?

»Ich weiß nicht, unter welchem Himmelsstrich sie lag.«

Die Schönheit?

»Ich möchte sie gern lieben, wenn sie göttlich und unsterblich wäre.«

Das Gold?

»Ich hasse es, wie du Gott hassest.«

Ach! Was liebst du also, seltsamer Fremdling?

»Ich liebe die Wolken. Die Wolken, die vorüberziehen ... dort unten ... die wunderbaren Wolken!«

Das Bekenntnis des Künstlers

Wie die sich neigenden Herbsttage ergreifend sind! Ach, ergreifend bis zum Schmerz! Denn es gibt gewisse köstliche Stimmungen, deren Unbestimmtheit die Heftigkeit nicht ausschließt; und es gibt keinen schärferen Stachel, als den des Grenzenlosen.

Welches Entzücken, seinen Blick in die Unendlichkeit des Himmels und des Meeres zu tauchen! Einsamkeit, Schweigen, die unvergleichliche Reinheit des Azurs, ein kleines Segel, das am Horizont erschauert und in seiner Winzigkeit und seiner Vereinsamung das Abbild meines unheilbaren Daseins ist, das eintönige Lied des Wellenschlages, alle sie denken durch mich oder ich denke durch sie (denn in der Größe der Träumerei verliert sich bald das Ich!); sie denken, sage ich, aber melodisch und farbenbunt, ohne Spitzfindigkeit, ohne Schlüsse, ohne Absichten.

Gleichwohl ob diese Gedanken von mir ausgehen oder von den Dingen – bald überwältigen sie mich; die Stärke der Lust erzeugt ein Unbehagen und ein wirkliches Leiden. Meine überspannten Nerven beben nur noch schrill und schmerzhaft. Und jetzt bestürzt mich die Tiefe des Himmels; seine Klarheit entsetzt mich. Die Gefühllosigkeit des Meeres, die Unwandelbarkeit des Schauspiels empört mich ... Ah! muß man ewig leiden oder ewig die Schönheit fliehn? Natur, du Zauberin ohne Erbarmen, immer siegende Gegnerin, laß ab von mir! Laß ab davon, meine Sehnsucht und meinen Stolz zu erproben! Das Suchen nach Schönheit ist ein Zweikampf, bei dem der Künstler aus Bangigkeit schreit, bevor er noch besiegt wird.

Das Doppelzimmer

Ein Zimmer, das einem Traumreich gleicht, ein wahrhaft *spirituelles* Zimmer, wo die stockende Atmosphäre leicht rosig oder bläulich gefärbt ist.

Die Seele nimmt darin ein Bad der Trägheit, das die Wehmut und die Sehnsucht gewürzt haben. – Es ist etwas Dämmerhaftes, Bläuliches und Rötliches; ein Wollusttraum im Dunkelwerden.

Die Möbel haben längliche, sich dehnende, schmächtige Formen. Die Möbel scheinen zu träumen; es ist, als wären sie mit einem somnambulen Leben ausgestattet wie die Pflanzen und die Steine. Die Stoffe sprechen eine stumme Sprache wie die Blumen, wie die Himmel, wie die untergehenden Sonnen.

An den Wänden keine künstlerische Verunzierung. Im Verhältnis zum reinen Traum, zu dem nicht zerlegten Eindruck ist die endgültige Kunst eine Blasphemie. Hier hat alles seine genügende Klarheit und das süße Dunkel der Harmonie.

Ein unendlich feiner, erlesenster Wohlgeruch, in den sich eine sehr milde Feuchtigkeit mengt, schwimmt in dieser Luft, wo der schlummernde Geist von Stimmungen eines Treibhauses gewiegt wird.

Musseline fließen voll vor den Fenstern und vor dem Lager; sie ergießen sich in schneeigen Kaskaden. Auf diesem Lager ruht das Idol, der Souverän der Träume. – Doch wie kam es her? Wer führte es? Welche magische Macht hat es auf diesen Thron des Träumens und des Rausches gesetzt? – Was liegt daran? Es ist da! Ich erkenne es.

Das sind wohl die Augen, deren Flamme die Dämmerung durchdringt; diese sanften und schrecklichen *Späher*, die ich an ihrer Bosheit erkenne! Sie fesseln, sie bezwingen, sie saugen den Blick des Unbedachten, der sie betrachtet, auf. Ich habe sie oft betrachtet, diese schwarzen Sterne, die Neugier und Bewunderung gebieten!

Welchem wohlwollenden Dämon schulde ich es, so vom Mysterium, vom Schweigen, vom Frieden und von Düften umgeben zu sein? O Seligkeit! Was wir allgemein das Leben nennen, hat selbst in dessen glücklichster Größe nichts Gemeinsames mit diesem höchsten Leben, das ich nun erkannt habe und das ich Minute um Minute durchkoste, Sekunde um Sekunde!

Nein! Es gibt keine Minuten mehr, es gibt keine Sekunden mehr! Die Zeit ist dahin; die Ewigkeit herrscht, eine Ewigkeit der Wonne!

Aber von einem furchtbaren Schlag erdröhnte die Tür, und mir war es, als bekäme ich wie in höllischen Träumen einen Axthieb gegen den Magen.

Und dann trat ein Gespenst ein. Es ist ein Gerichtsbote, der mich im Namen des Gesetzes peinigen kommt; eine schamlose Dirne, die mir ihr Elend vorjammert und die Trivialitäten ihres Lebens mit den Schmerzen des meinen vereinen will; oder gar der Laufbursche eines Redakteurs, der die Fortsetzung eines Manuskriptes verlangt.

Das paradiesische Zimmer, das Idol, der Souverän der Träume, die *Sylphide*, wie der große René sagte, all dieser Zauber ist bei dem rohen Schlage des Gespenstes verschwunden.

Entsetzlich! Ich erinnere mich! Erinnere mich! Ja! Diese Höhle, dieser Pfuhl der ewigen Öde ist wohl mein. Da sind die nichtssagenden, bestaubten, abgeschlagenen Möbel; der Herd ohne Flamme und ohne Glut, von Schmutz besudelt; die traurigen Fenster, in deren Staub der Regen Furchen gezogen hat; die zusammengestrichenen oder unvollendeten Handschriften; der Kalender, in dem die unglückseligen Daten mit Bleistift verzeichnet stehen!

Und der Duft einer andern Welt, an dem ich mich mit einer vollkommenen Empfindlichkeit berauschte, sieh! er ist von einem

Übeln Tabaksgeruch abgelöst, der mit einer, ich weiß nicht welcher, ekelhaften Fäulnis vermischt ist. Man atmet hier nun die Dumpfheit der Trostlosigkeit.

In dieser engen, doch so abscheulichen Welt lächelt mir ein einziger bekannter Gegenstand entgegen: die Phiole mit Laudanum; eine alte und furchtbare Freundin; weh! Wie alle Freundinnen reich an Güte und an Verrat!

Ah, ja! Die Zeit ist wieder da; die Zeit herrscht jetzt unbeschränkt; und mit der häßlichen Alten ist ihr ganzes dämonisches Gefolge von Erinnerungen, Wehmut, Krämpfen, Ängsten, Beklemmungen, Alpdrücken, Wutausbrüchen und Nervenkrisen zurückgekehrt.

Ich versichere euch, daß die Sekunden jetzt laut und feierlich betont werden, und eine jede spricht, vom Pendel springend: »Ich bin das Leben, das unerträgliche, unversöhnliche Leben!«

Es gibt im Menschenleben nur eine Sekunde, die bestimmt ist, eine gute Botschaft zu verkünden, *die gute Botschaft*, die jedem eine unerklärliche Furcht verursacht.

Ja! Die Zeit herrscht; sie hat ihre brutale Diktatur wieder aufgenommen. Und sie treibt mich an, wie wenn ich ein Rind wäre, mit ihrem Doppelstachel: »Hü doch, Tölpel! Schwitz doch, Sklave! Leb doch, Verdammter!«

Jeder seine Chimäre

Unter einem großen grauen Himmel, in einer großen staubigen Ebene ohne Wege, ohne Rasen, ohne eine Distel, ohne eine Brennessel, traf ich eine Schar Menschen, die gebückt dahinschritten.

Ein jeder von ihnen trug eine riesige Chimäre auf dem Rücken, so schwer wie ein Sack Mehl oder Kohle, oder wie die Rüstung eines römischen Fußsoldaten.

Aber das entsetzliche Ungeheuer war nicht eine träge Last; im Gegenteil, es umklammerte und preßte den Menschen mit seinen elastischen und mächtigen Muskeln; es hängte sich mit den langen Krallen an seine Brust, und sein fabelhaftes Haupt überragte die Stirn des Menschen wie einer jener furchtbaren Helme, mit denen die alten Krieger den Schrecken des Feindes zu vermehren hofften.

Ich fragte einen dieser Menschen, wohin sie also gingen. Er antwortete mir, daß er dies nicht wisse, weder er noch die andern; daß sie aber offenbar irgendwohin gingen, da sie von einem unwiderstehlichen Drange getrieben würden.

Etwas Seltsames ist zu bemerken: keiner dieser Wanderer schien dem wilden Scheusal, das sich ihm an den Nacken hängte und ihm am Rücken klebte, zu zürnen; es schien, daß er es als einen Teil seiner selbst ansah. Alle die müden und ernsten Gesichter zeugten von keinerlei Verzweiflung; unter der blendenden Himmelskuppel, die Füße in dem Staub der Erde begrabend, die ebenso trostlos wie der Himmel war, wanderten sie mit dem ergebenen Ausdruck jener dahin, die immer zu hoffen verurteilt sind.

Und der Zug schritt an mir vorüber und tauchte in die Atmosphäre des Horizontes, dort wo die gewölbte Oberfläche des Planeten sich der Neugierde des menschlichen Blickes entzieht.

Und einige Augenblicke lang wollte ich entschieden dies Geheimnis verstehen; aber bald überfiel mich die unwiderstehliche Gleichgültigkeit, die mich noch tiefer beugte, als selbst jene es waren, die von ihrer Chimäre erdrückt wurden.

Der Narr und die Venus

Welch wunderbarer Tag! Der weite Park erliegt dem glühenden Blick der Sonne wie die Jugend der Macht der Liebe. Kein Geräusch verkündet die allvereinte Verzückung der Dinge; selbst die Wässer sind wie eingeschlummert. Sehr verschieden von menschlichen Festen gibt es hier eine stille Orgie.

Es ist, als erstrahlten die Gegenstände von einem immer wachsenden Licht; als brennten die erregten Blüten von dem Wunsche, mit dem Himmelsazur in der Glut ihrer Farben zu wetteifern, und als ließe die Wärme die Düfte, die sie sichtbar macht, wie Rauchwolken zum Taggestirn steigen. Dennoch bemerkte ich in diesem allgemeinen Rausch ein betrübtes Wesen.

Zu Füßen einer riesigen Venus erhebt einer jener bewußten Narren, einer jener freiwilligen Possenreißer, die damit betraut sind, die Könige, wenn Gewissensbisse oder die Langeweile sie überfällt, zum Lachen zu bringen, herausgeputzt mit einem schreienden und lächerlichen Gewande, mit Fühlhörnern und Schellen im Haar, zusammengesunken am Sockel, die tränenvollen Augen zu der unsterblichen Göttin. Und seine Augen sprechen: »Ich bin der letzte und einsamste der Menschen, der Liebe und Freundschaft bar, und ärmer darin, als das niedrigste Tier. Trotzdem bin auch ich geschaffen, die unsterbliche Schönheit zu fassen und zu fühlen! Ach! Göttin! habe Mitleid mit meiner Trauer und meinem Wahn!«

Aber die unversöhnliche Venus blickt in die Ferne, ich weiß nicht wohin, mit ihren Marmoraugen.

Der Kuchen

Ich reiste. Die Landschaft, in der ich weilte, war von einer unwiderstehlichen Größe und Vornehmheit. Etwas von ihr drang ohne Zweifel in diesem Augenblick in meine Seele. Meine Gedanken schwangen mit der Leichtigkeit der Atmosphäre; die gewöhnlichen Leidenschaften, wie der niedrige Haß und die Liebe, erschienen mir jetzt ebenso entfernt wie die Wetterwolken, die in tiefen Abgründen vorüberzogen; meine Seele schien mir ebenso weit und rein wie der Himmelsdom, der sich über mir wölbte; die Erinnerung an irdische Dinge gelangte nur abgeschwächt und verschwommen an mein Herz wie der Glockenton einer unsichtbaren Herde, die ferne, sehr ferne vorüberzieht, am Abhang eines andern Berges. Über den kleinen, unbeweglichen, infolge der ungeheueren Tiefe schwarzen See ging manchmal der Schatten einer Wolke wie der Widerschein des Mantels eines Luftriesen, der durch den Himmel fliegt. Und ich erinnere mich, daß diese festliche und seltene Stimmung, durch eine große, vollkommen stille Bewegung hervorgerufen, mich mit einer Freude erfüllte, die mit Schrecken vermischt war. Kurz, ich fühlte mich durch die begeisternde Schönheit, von der ich umringt war, in vollkommenem Frieden mit mir selbst und dem All; ich glaube sogar, daß ich in meiner vollkommenen Glückseligkeit und in meinem gänzlichen Vergessen alles irdischen Bösen dahin gelangt war, die Bücher, die vorgeben, der Mensch wäre gut geboren, nicht mehr so lächerlich zu finden – als die unheilbare Materie ihr Bedürfnis erneuerte und ich die Müdigkeit zu lindern und meinen durch einen so langen Aufstieg verursachten Hunger zu stillen gedachte. Ich zog aus meiner Tasche ein großes Stück Brot, eine Ledertasse und ein Fläschchen mit einem gewissen Elixier, das die Apotheker jener Zeit an die

Touristen verkauften und das man gelegentlich mit Schneewasser mischte.

Ich zerschnitt ruhig mein Brot, als ein ganz leiser Lärm mich die Augen erheben ließ. Vor mir stand ein kleines zerlumptes, schwarzes, zerzaustes Wesen, dessen tiefe, scheue und gleichsam flehende Augen das Stück Brot verschlangen. Und ich hörte es mit tiefer und heiserer Stimme das Wort seufzen: »Kuchen!« Wie ich die Benennung hörte, mit der es wohl mein fast weißes Brot beehren wollte, konnte ich mich des Lachens nicht enthalten und schnitt eine Scheibe ab, die ich ihm anbot. Langsam näherte es sich, ohne die Augen von dem Gegenstand seines Verlangens zu lassen; dann das Stück mit der Hand packend, fuhr es rasch zurück, als hätte es gefürchtet, daß mein Angebot nicht aufrichtig war oder daß ich es schon bereute.

Aber in demselben Augenblicke stürzte sich ein andrer kleiner Wilder darauf, der, ich weiß nicht woher, kam und dem ersten so vollständig ähnlich war, daß man ihn für seinen Zwillingsbruder halten konnte. Zusammen rollten sie auf dem Boden, um die kostbare Beute streitend, und ohne Zweifel wollte keiner seinem Bruder die Hälfte opfern; erbittert faßte der erste den zweiten bei den Haaren; dieser schnappte nach dessen Ohr mit den Zähnen und spie ein blutiges Stückchen mit einem köstlichen, gemeinen Fluche aus. Der rechtmäßige Besitzer des Kuchens versuchte seine Krallen in die Augen des Usurpators zu bohren; dieser dagegen verwendete alle Kräfte darauf, seinen Gegner mit der einen Hand zu würgen, während er sich anstrengte, mit der andern den Kampfpreis in seine Tasche zu stecken. Aber neubelebt durch Verzweiflung, richtete sich der Besiegte wieder auf und stieß den Sieger mit dem Kopf gegen den Magen, daß er zur Erde rollte. Wozu einen häßlichen Kampf schildern, der wahrhaftig länger dauerte, als es die kindlichen Kräfte zu erlauben schienen? Der Kuchen wanderte von Hand zu Hand und wechselte jeden Augenblick die Tasche; aber wehe! er änderte auch seinen Umfang. Und als sie endlich ermattet, keuchend, blutend innehielten, infolge der Unmöglichkeit fortzufahren, gab es eigentlich keinen Gegenstand des Kampfes mehr: das Stück Brot war verschwunden und in Brosamen im Sande zerstreut.

Dies Schauspiel hatte mir die Landschaft verschleiert, und die stille Freude, in der sich meine Seele ergötzte, bevor sie diese kleinen Menschen gesehen, war gänzlich verschwunden; ziemlich lange blieb ich darum traurig, indem ich mir unaufhörlich wiederholte: »Es gibt also ein herrliches Land, wo das Brot Kuchen genannt wird, ein so seltener Leckerbissen, daß es geeignet ist, einen ganz brudermörderischen Krieg hervorzurufen!«

Eine Hemisphäre im Haar

Laß mich lange, lange den Duft deines Haares atmen, mein ganzes Antlitz hineintauchen wie ein Dürstender in das Wasser einer Quelle und es mit der Hand durchwühlen wie ein duftiges Tuch, um daraus Erinnerungen in die Luft zu scheuchen.

Wenn du all dies wissen könntest, was ich sehe, alles, was ich fühle, alles, was ich in deinem Haare vernehme! Meine Seele reist auf dem Dufte dahin, wie die Seele anderer Menschen auf der Musik.

Dein Haar umfängt einen ganzen Traum voll Segel und Masten; es umfängt große Meere, deren Winde mich zauberhaften Himmelsstrichen entgegentragen, wo die Ferne tiefer und blauer ist, wo die Lüfte von den Früchten, von den Blättern und von den Menschenleibern durchduftet sind.

In dem Ozean deines Haares erkenne ich einen Hafen, wimmelnd von melancholischen Gesängen, von kräftigen Menschen aller Völker und von Fahrzeugen aller Formen, die ihren feinen und komplizierten Bau auf einen Ungeheuern Himmel zeichnen, wo ewige Wärme sich ausbreitet.

In den Zärtlichkeiten deines Haares finde ich das Schmachten vergangener langer Stunden wieder, die ich auf einem Diwan zugebracht, in dem Gemache eines schönen Schiffes, gewiegt von dem unmerklichen Rollen des Hafens, zwischen Blumentöpfen und erfrischenden Springbrunnen.

In dem glühenden Herde deines Haares atme ich den Tabaksduft, versetzt mit Opium und Zucker; in der Nacht deines Haares sehe ich die Unendlichkeit des tropischen Azurs erstrahlen; an den schmiegsamen Ufern deines Haares berausche ich mich an den Düften von Teer, Moschus und Kokosöl.

Laß mich lange deine schweren und schwarzen Flechten kauen. Wenn ich dein elastisches und aufrührerisches Haar schmecke, ist es mir, als durchkoste ich Erinnerungen.

Die Versuchungen oder Eros, Plutus und

der Ruhm

Zwei prächtige Satane und eine nicht minder seltsame Teufelin haben in letzter Nacht die geheimnisvolle Treppe bestiegen, von der aus die Hölle die Schwäche des schlafenden Menschen bestürmt und geheim mit ihm verkehrt. Und sie stellten sich großartig vor mir auf, aufrecht wie auf einer Estrade. Ein Schwefelglanz ging von diesen drei Gestalten aus, daß sie sich von dem undurchsichtigen Grunde der Nacht abhoben. Sie hatten ein so stolzes und beherrschtes Aussehen, daß ich sie anfangs alle drei für wahre Götter hielt.

Das Antlitz des ersten Satans war zweideutigen Geschlechtes, und auch in den Linien seines Leibes hatte er die Weichheit alter Bacchen. Seine schönen, sehnsuchtsvollen Augen von dunkler, unbestimmter Farbe ähnelten Veilchen, beladen mit schweren Gewitterträren, und seine halboffenen Lippen waren Räucherpfannen, denen der gute Duft eines Parfüms entstieg; und sooft er atmete, leuchteten duftende Insekten aufliegend in den Gluten seines Hauches.

Um seine purpurne Tunika rollte sich als Gürtel eine schillernde Schlange und wandte ihm, den Kopf erhoben, schläfrig die Kohlenaugen zu. An diesem lebendigen Gürtel hingen abwechselnd mit Phiolen voll widriger Flüssigkeiten glänzende Messer und chirurgische Geräte. In seiner rechten Hand hielt er eine andre Phiole, deren Inhalt von einem leuchtenden Rot war und die als Aufschrift diese bizarren Worte trug: »Trinket, denn dies ist mein Blut, ein vollkommener Herzensbalsam«; in der Linken eine Viola, die ihm offenbar dazu diente, seine Freuden und Leiden zu singen und in den Sabbatnächten seinen ansteckenden Wahnsinn zu verbreiten.

An seinen zarten Knöcheln zerrten mehrere Ringe einer abgerissenen Goldkette, und wenn das Unbehagen, das sie verursachten, ihn zwang, die Augen zur Erde zu senken, so betrachtete er eitel seine Fußnägel, die glänzend und wohlgebildet waren wie schön geschliffene Steine.

Er sah mich mit seinen trostlos betrübten Augen an, denen eine lauernde Trunkenheit entströmte, und sprach mit singender Stimme:

»Wenn du willst, wenn du willst, so mache ich dich zum Herrn der Seelen, und du wirst Herr sein des lebendigen Leibes, mehr noch als der Bildhauer es des Tones sein kann; und du wirst die ewig sich erneuernde Lust erkennen, aus dir selbst zu entfliehen, um dich in andern zu vergessen, und die andern Seelen an dich zu ziehen, bis sie eins sind mit der deinen.«

Und ich antwortete ihm:

»Danke sehr! Ich habe nichts zu schaffen mit diesem Pack von Wesen, die ohne Zweifel nicht mehr sind als mein armes Ich. Mag ich mich auch schämen, an etwas zurückzudenken, ich will nichts vergessen. Und selbst wenn ich dich nicht kennen würde, altes Ungeheuer, dein geheimnisvoller Messerkram, deine verdächtigen Phiolen, die Ketten, die deine Füße fesseln, sind Zeichen, die klar genug die Unannehmlichkeiten deiner Freundschaft merken lassen. Behalte deine Geschenke.«

Der zweite Satan hatte weder dies zugleich traurige und lächerliche Aussehen, noch dies einschmeichelnde Gebaren, noch diese zarte und duftige Schönheit. Er war ein großer Mann mit einem feisten Gesicht ohne Augen, dessen schwerer Bauch über die Schenkel hing und dessen ganze Haut wie mit einer Tätowierung vergoldet und bemalt war mit einer Menge von kleinen, regen Gestalten, die zahlreichen Arten des allgemeinen Elends darstellend. Da gab es kleine, abgehetzte Männchen, die sich freiwillig an einem Nagel aufhängten; da gab es kleine, mißgestaltete, magere Gnomen, deren flehende Augen noch besser um Almosen baten als ihre zitternden Hände; und dann alte Mütter, die an ihren schlaffen Brüsten hangende Mißgeburten trugen. Da gab es noch viele andere.

Der fette Satan klatschte mit der Faust auf seinen riesigen Wanst, von dem nun ein langes und nachklingendes metallisches Klirren ausging, das in einem dumpfen Seufzen vieler Menschenstimmen endete. Und schamlos seine verdorbenen Zähne zeigend, lachte er ein ungemein einfältiges Lachen wie manche Menschen in allen Ländern, wenn sie gut gespeist haben.

Und dieser sprach zu mir:

»Ich kann dir etwas geben, das alles umfaßt, das alles aufwiegt, das alles ersetzt!«

Und er klatschte auf den ungeheuren Wanst, dessen Echo seine plumpen Worte erklärte.

Ich wandte mich mit Abscheu ab und entgegnete:

»Ich brauche zu meiner Freude niemandes Elend; und ich will nichts von dem trübseligen Reichtum all dieses wie auf Tapetenpapier auf deiner Haut dargestellten Unglücks.«

Was die Teufelin betrifft, müßte ich lügen, wenn ich nicht eingestehen wollte, daß ich sie beim ersten Anblick von einem seltsamen Reiz fand. Um diesen Reiz zu beschreiben, wüßte ich ihn mit keinem besser zu vergleichen, als mit dem verblühender, sehr schöner Frauen, die trotzdem nicht mehr altern und deren Schönheit den ergreifenden Zauber von Ruinen wahrt. Sie hatte ein zugleich herrisches und unnahbares Wesen, und ihre zwar gesenkten Augen besaßen eine bannende Macht. Was mich am meisten überraschte, war das Mysterium ihrer Stimme, in der ich die Erinnerung an die zartesten contralti und ebenso etwas von der Heiserkeit unaufhörlich von Branntwein bespülter Kehlen wiederfand.

»Willst du meine Macht kennen lernen?« sagte die falsche Göttin mit ihrer reizenden und paradoxen Stimme. »Höre!«

Und nun legte sie eine gigantische, wie eine Flöte bebänderte, mit den Titeln aller Zeitungen des Alls behangene Trompete an ihren Mund und rief durch sie meinen Namen, der hunderttausend Donnern gleich durch die Räume rollte und, zurückgeworfen von dem Echo des entferntesten Planeten, zu mir wiederkehrte.

»Teufel!« rief ich, halb unterliegend. »Das ist kostbar!«

Aber wie ich aufmerksamer das verführerische Mannweib prüfte, schien es mir von ungefähr, als hätte ich es einmal einigen Schelmen meiner Bekanntschaft zutrinken sehen, und der heisere Kupferton trug, ich weiß nicht welche Erinnerung an eine prostituierte Trompete an meine Ohren.

Darum antwortete ich mit meiner ganzen Verachtung:

»Geh, es ist nicht meine Art, mich mit der Dirne gewisser Leute, die ich nicht nennen mag, zu vermählen.«

Gewiß, auf eine so tapfere Abwehr hatte ich das Recht, stolz zu sein. Aber unglücklicherweise erwachte ich, und meine ganze Kraft ließ mich im Stich.

»Wahrhaftig«, sagte ich mir, »ich muß recht schwer eingeschlummert sein, um derlei Bedenken zu zeigen. Ah! könnten sie wiederkommen, während ich wach bin, ich wollte mich nicht soviel zieren!«

Und mit lauter Stimme rief ich nach ihnen, um Verzeihung flehend, indem ich ihnen anbot, mich so oft zu erniedrigen, als es nötig wäre, um nur ihre Gunst zu gewinnen; aber ich hatte sie ohne Zweifel sehr beleidigt, denn sie sind niemals zurückgekehrt.

Die Einsamkeit

Ein menschenfreundlicher Journalist sagt mir, daß die Einsamkeit den Menschen bös beeinflusse; und um seine Behauptung zu stützen, zitiert er, wie alle Ungläubigen, Aussprüche der Kirchenväter.

Ich weiß, daß der Dämon mit Vorliebe die verlassenen Orte aufsucht, und daß der Geist des Totschlags und der Unzüchtigkeit sich in der Einsamkeit wunderbar entflammt. Aber es wäre möglich, daß diese Einsamkeit nur der müßigen und ziellosen Seele gefährlich ist, die sie mit ihren Leidenschaften und Chimären bevölkert.

Es ist gewiß, daß ein Schwätzer, dessen höchstes Vergnügen darin besteht, von der Höhe einer Kanzel oder einer Tribüne zu sprechen, sehr Gefahr laufen würde, auf Robinsons Eiland ein rasender Wahnsinniger zu werden. Ich verlange von einem Zeitungsschreiber nicht die herzhaften Tugenden Crusoes, aber ich will, daß er die Liebhaber der Einsamkeit und des Geheimnisvollen nicht anklage.

Es gibt in unserem geschwätzigen Geschlechte Individuen, die mit weniger Widerstreben das Todesurteil empfangen würden, wenn es ihnen gestattet wäre, von der Höhe des Schafottes eine tönende Rede zu halten, ohne befürchten zu müssen, daß ihnen die Trommler von Santerre zu unrechter Zeit das Wort abschneiden.

Ich beklage sie nicht, weil ich ahne, daß ihnen ihre rednerischen Ergüsse Genüsse verschaffen, die jenen gleich sind, welche den andern die Einsamkeit und die Andacht bieten; aber ich verachte sie.

Ich wünsche vor allem, daß mein verdammter Zeitungsschreiber nach meinem Belieben mich unterhalten lasse. »Empfinden Sie denn«, sagte er mit sehr apostolischem Nasentone, »niemals das Bedürfnis, Ihre Genüsse zu teilen?« Sehen Sie den schlauen Neider! Er weiß, daß ich die seinen verschmähe, und will sich in die meinen eindrängen, der abscheuliche Freudenstörer!

»Dies große Unglück, nicht allein sein zu können!« sagt irgendwo La Bruyère, um gleichsam alle die zu beschämen, die, sich zu vergessen, unter die Menge laufen, offenbar aus Furcht, sich selbst nicht erträglich zu sein.

»Fast all unser Unglück kommt daher, daß wir es nicht gekonnt haben, daheim zu bleiben«, sagte ein anderer Weiser, Pascal glaube ich, indem er alle diese Narren, die das Glück in der Zeitströmung und in der Prostitution suchen, in die Zelle der Andacht ruft.

Schön-Dorothea

Die Sonne drückt die Stadt unter ihrem senkrechten und furchtbaren Lichte nieder; der Sand ist blendend und das Meer spiegelt. Die betäubte Welt liegt träge und hält Siesta, eine Siesta, die eine Art süßen Todes ist, in dem der Schläfer halb wachend die Lust seiner Auflösung durchkostet.

Dennoch schreitet Dorothea stark und stolz wie die Sonne auf der einsamen Straße, die einzige Lebende unter dem endlosen Azur dieser Stunde, einen scharfen schwarzen Fleck in dem Lichte bildend.

Sie schreitet dahin, ihre so zarte Büste leise in den so breiten Hüften wiegend. Ihr sich eng anschmiegendes Seidenkleid von hellem, rosigem Ton sticht lebhaft von ihrer dunklen Haut ab und umschließt genau ihren langen Leib, ihren gewölbten Nacken und ihren feinen Hals.

Ihr roter Sonnenschirm, durch welchen das Licht sickert, wirft auf ihr dunkles Antlitz die blutige Schminke seines Widerscheines.

Das Gewicht ihres vollen, fast bläulichen Haares zieht ihr zartes Haupt zurück und gibt ihr ein triumphierendes und träges Aussehen. Schwere Gehänge klingeln heimlich um ihre winzigen Ohren.

Von Zeit zu Zeit hebt die Seebrise den Saum ihres fliegenden Rockes und zeigt ihr leuchtendes und herrliches Bein; und ihr Fuß, den Füßen der Marmorgöttinnen gleich, die Europa in seinen Museen birgt, drückt seine Form treu auf dem feinen Sande ab. Denn Dorothea ist so wunderbar kokett, daß die Freude, bewundert zu werden, sich über den Stolz der Freien hinwegsetzt, und obgleich sie frei ist, geht sie ohne Beschuhung einher.

So schreitet sie harmonisch vorwärts, glücklich, daß sie lebt, mit einem reinen Lächeln, als erblicke sie fern im Baume einen Spiegel, der ihr ihren Gang und ihre Schönheit zurückwirft.

Welcher dringende Grund läßt die träge, wie Bronze schöne und kühle Dorothea also dahingehen, zu einer Stunde, da selbst die Hunde unter der drückenden Sonne vor Schmerz stöhnen?

Warum hat sie ihr kokett eingerichtetes Hüttchen verlassen, das mit Blumen und Matten fast kostenlos ein Boudoir bildet, wo es sie vergnügt, sich zu kämmen, zu rauchen, sich fächeln zu lassen oder in dem von großen Federfächern umrahmten Spiegel sich zu betrachten, während das Meer, das hundert Schritte weit von hier den Strand schlägt, tief und eintönig ihre unklaren Träumereien begleitet, und der Eisenkessel, in welchem ein Krabbenragout mit Reis und Safran kocht, aus dem Hintergrunde ihr seine würzigen Düfte zusendet?

Vielleicht hat sie ein Stelldichein mit einem jungen Offizier, der auf dem langweiligen Strande seine Kameraden von der berühmten Dorothea hat sprechen hören. Sicher wird sie, das schlichte Geschöpf, ihn bitten, ihr vom Opernball zu erzählen, und ihn fragen, ob man dahin barfüßig gehen könne, wie zu dem Tanz am Sonntag, bei dem selbst die alten Kaffernweiber berauscht und vor Freude rasend werden; und dann noch, ob die schönen Pariser Damen alle schöner seien als sie.

Dorothea wird von allen bewundert und verwöhnt, und sie würde vollkommen glücklich sein, wenn sie nicht gezwungen wäre, Piaster auf Piaster zu häufen, um ihr kleines Schwesterchen zurückzukaufen, das wohl elf Jahre alt und schon so reif und schön ist!

Ohne Zweifel wird es ihr gelingen, der guten Dorothea; der Herr des Kindes ist so geizig, viel zu geizig, um eine andre Schönheit als die der Taler zu begreifen!

Die Augen der Armen

Ah! Sie wollen wissen, warum ich Sie heute hasse? Es zu verstehen wird Ihnen ohne Zweifel weniger leicht sein, als mir, es Ihnen zu erklären; denn ich glaube, Sie sind das schönste Beispiel der weiblichen Begriffsstutzigkeit, dem man begegnen kann.

Wir verbrachten zusammen einen langen Tag, der mir kurz erschienen war. Wir versprachen einander fest, daß wir alle unsere Gedanken nur gemeinschaftlich denken, und daß unsere beiden Seelen von nun an nur eine einzige sein würden; ein Traum, der nichts Eigentümliches an sich hat, außer daß er von allen Menschen geträumt, von niemandem verwirklicht wird.

Abends wollten Sie sich, etwas ermüdet, vor das neue Café an der Ecke eines neuen Boulevards setzen, der noch voll Kalkschutt war und schon stolz seine unvollendete Pracht zeigte. Das Café strahlte. Selbst das Gas entfaltete die ganze Glut eines Debüts und erhellte mit all seiner Stärke die vor Weiße blendenden Wände, die glänzenden Spiegelflächen, das Gold der Einfassungen und der Gesimse, die vollwangigen Pagen, die von gekoppelten Hunden gezerrt werden, die Damen, die dem auf ihrem Finger sitzenden Falken zulächeln, die Nymphen und Göttinnen, die auf ihrem Kopfe Früchte, Pasteten und Wildbret tragen, die Heben und Ganymeds, deren ausgestreckte Arme die kleine Amphora mit Fruchtcreme oder den doppelfarbenen, verzierten Eisobelisken anbieten: die ganze Geschichte und die ganze Mythologie in den Dienst der Schlemmerei gestellt.

Gerade vor uns pflanzte sich auf der Straße ein Mann von ungefähr vierzig Jahren auf, mit müdem Gesichte, ergrauendem Bart, an der einen Hand einen kleinen Knaben haltend und auf der andern ein kleines Wesen tragend, das zu schwach war, um zu gehen. Er versah das Amt einer Bonne und führte die Kinder aus, die Abendluft zu genießen. Alle in Lumpen. Ihre drei Gesichter waren ungewöhnlich ernst, und ihre sechs Augen hingen an dem neuen Café mit gleicher, nur durch das Alter verschieden betonter Bewunderung.

Die Augen des Vaters sagten: »Wie schön das ist! Wie schön das ist! Es ist, als wäre alles Gold der armen Leute herbeigeströmt, auf diesen Wänden aufgetragen zu werden.«

Die Augen des kleinen Knaben: »Wie schön das ist! Wie schön das ist! Aber es ist ein Haus, in das nur Leute eintreten können, die nicht wie wir sind.«

Und die Augen des Kleinsten waren allzu bezaubert, um etwas anderes auszudrücken, als eine berauschte und tiefe Freude.

Die Sänger sagen, daß das Glück die Seele gut mache und das Herz erweiche. Das Lied hatte recht an jenem Abend, was mich betrifft. Nicht nur daß ich durch jene Familie gerührt wurde, sondern ich schämte mich auch unserer Gläser und unserer Karaffen, die größer waren als unser Durst. Ich wandte meine Blicke zu den Ihren, teuere Geliebte, um darin *meinen* Gedanken zu lesen; ich versenkte mich in Ihre so schönen und so seltsam süßen Augen, in Ihre grünen, von der Laune beherrschten und vom Monde gebannten Augen, als Sie mir sagten: »Diese Leute dort sind mir unerträglich mit ihren torweit aufgerissenen Augen! Könnten Sie den Besitzer nicht ersuchen, sie von hier zu entfernen?«

So schwer ist es, sich zu verstehen, mein lieber Engel, und so wenig ist der Gedanke mitteilbar, selbst unter Leuten, die sich lieben!

Ein heroischer Tod

Fancioulle war ein bewundernswerter Possenreißer und gehörte beinahe zu den Freunden des Fürsten. Aber auf Leute, die sich von Beruf der Komik widmen, üben die ernsten Dinge eine unselige Anziehungskraft aus, und wie wunderlich es erscheinen mag, daß sich Vaterlands- und Freiheitsgedanken despotisch eines Komödiantenhirnes bemächtigen, Fancioulle geriet eines Tages in die Verschwörung einiger unzufriedener Edelleute.

Es gibt überall brave Leute, die der Regierung jene gallsüchtig veranlagten Individuen hinterbringen, welche die Fürsten absetzen und eine Gesellschaft umwälzen wollen, ohne sie zu befragen. Die in Rede stehenden Herren – und unter ihnen auch Fancioulle – wurden festgenommen und zu einem gewissen Tode verurteilt.

Ich glaube gern, daß der Fürst ganz böse ward, seinen Lieblingskomödianten unter den Rebellen zu finden. Der Fürst war weder besser noch schlimmer, als andere zu sein pflegen, aber eine übertriebene Empfindlichkeit machte ihn in vielen Fällen grausamer und willkürlicher als alle seinesgleichen. Ein leidenschaftlicher Liebhaber der schönen Künste, übrigens ein ausgezeichneter Kenner, war er ein unersättlicher Lüstling. Verhältnismäßig ziemlich gleichgültig gegen die Menschen und die Moral, selbst ein wirklicher Künstler, kannte er keinen gefährlicheren Feind als die Langeweile, und die seltsamen Anstrengungen, die er machte, um diesem Welttyrannen zu entfliehen oder ihn zu besiegen, würden ihm von einem strengen Geschichtschreiber gewiß den Beinamen eines »Ungeheuers« eingetragen haben, wenn er in seinem Reiche etwas anderes zu schreiben erlaubt hätte, als was der Freude und dem Rausche, einer der süßesten Formen der Freude, diente. Das große Unglück dieses Fürsten war, daß er niemals einen genügend großen Spielraum für sein Genie besaß. Es gibt junge Neros, die in zu engen Grenzen ersticken und deren Namen und guten Willen die künftigen Jahrhunderte niemals erfahren. Die unvorsichtige Vorsehung gab ihnen größere Fähigkeiten als Staaten.

Plötzlich lief das Gerücht um, der Herrscher wolle alle Verschworenen begnadigen; und der Grund dieses Gerüchtes war die Ankündigung einer großen Vorstellung, bei der Fancioulle eine seiner ersten und besten Rollen spielen sollte und bei der, sagte man, sogar die verurteilten Edelleute mitwirken sollten; ein offenes Zeichen, fügten die oberflächlichen Geister hinzu, daß der beleidigte Fürst edle Absichten hege.

Bei einem ebenso natürlich wie bewußt exzentrischen Manne war alles möglich, selbst die Tugend, selbst die Milde, besonders wenn er hoffen konnte, unerwartete Genüsse dabei zu finden. Aber für diejenigen, die wie ich weiter in die Tiefen dieser seltsamen und kranken Seele dringen konnten, war es unendlich wahrscheinlicher, daß der Fürst über die szenischen Talente eines dem Tode geweihten Menschen urteilen wolle. Er wollte die Gelegenheit benutzen, um *ein physiologisches Experiment von großem Interesse* zu machen und zu erforschen, wie weit die gewöhnlichen Fähigkeiten eines Künstlers durch die außergewöhnliche Lage, in die er gerät, geändert oder entstellt werden können; gab es in seiner Seele außerdem eine von Milde mehr oder minder geleitete Absicht? Das ist ein Punkt, der niemals klar werden konnte.

Als endlich der große Tag gekommen war, entfaltete der kleine Hof seine ganze Pracht, und es wäre für den, der es nicht gesehen hat, schwer zu fassen, was die bevorrechteten Stände eines kleinen Staates bei ihren beschränkten Mitteln an Pracht bei einer wahren Feierlichkeit zu zeigen vermögen. Diese war doppelt wahr, nicht nur durch den Zauber des ausgestellten Prunkes, sondern auch durch das sich hinzufügende moralische und geheimnisvolle Interesse.

Fancioulle trat besonders in stummen oder wortkargen Rollen hervor, die oft die wichtigsten in jenen Feendramen sind, deren Gegenstand es ist, das Geheimnis des Lebens bildlich vorzuführen. Er trat leicht und mit einer vollendeten Ungezwungenheit auf die Bühne, was dazu beitrug, bei den vornehmen Zuschauern den Gedanken an Gnade und Vergebung zu befestigen.

Wenn man von einem Schauspieler sagt: »Das ist ein guter Schauspieler«, so bedient man sich einer Formel, die ausspricht, daß sich an Stelle der Persönlichkeit noch der Schauspieler, das heißt die Kunst, der Aufschwung, der Wille denken lasse. Nun, wenn ein Komödiant im Verhältnis zu der von ihm dargestellten Persönlichkeit das sein sollte, was die besten antiken, wunderbar beseelten, lebenden, sehenden Statuen im Verhältnis zu der allgemeinen und wirren Idee der Schönheit sind, so war dies hier ein einziger und gänzlich unvorhergesehener Fall. Fancioulle war an jenem Abend eine vollendete Idealisierung, so daß es unmöglich war, sich nicht eine lebendige, mögliche, wirkliche zu denken. Dieser Possenreißer kam, ging, lachte, weinte, krümmte sich, mit einer unzerstörbaren Aureole um das Haupt, einer nur mir allein sichtbaren Aureole, in der sich in seltsamer Verbindung die Strahlen der Kunst und des Märtyrertums mischten. Fancioulle trieb, ich weiß nicht mit welcher besonderen, göttlichen und übernatürlichen Anmut, die ungewöhnlichsten Possen. Meine Feder zittert, und Tränen einer immerwährenden Rührung steigen mir in die Augen, während ich den unvergeßlichen Abend zu schildern versuche. Fancioulle bewies mir auf eine entscheidende, unwiderlegbare Art, daß der Kunstrausch mehr als irgendein anderer geeignet ist, die Schrecken eines Abgrundes zu verschleiern; daß der Genius am Rande des Grabes mit einer Freude, die ihn das Grab zu sehen hindert, Komödie spielen kann, ihn, der sich ja in einem Paradiese befindet, das keinen Gedanken an ein Grab oder einen Untergang zuläßt.

Das ganze so übersättigte und möglichst leichtfertige Publikum unterlag bald dem allvermögenden Zwange des Künstlers. Niemand träumte mehr von Tod und Trauer und auch nicht von Hinrichtung. Jeder ergab sich, ohne sich zu beunruhigen, den erhöhten Genüssen, die der Anblick eines Meisterwerkes der lebendigen Kunst bietet. Die Ausbrüche der Freude und der Bewunderung machten das Gewölbe des Hauses immer wieder mit der Heftigkeit eines ununterbrochenen Donners erbeben. Der Fürst selbst fiel berauscht in den Beifall des Hofes ein. Dennoch war für ein klar sehendes Auge sein Rausch nicht ungemischt. Fühlte er sich besiegt in seiner Despotenmacht? erniedrigt in seiner Kunst, die Herzen zu entsetzen und die Geister zu lähmen? um seine Hoffnungen gebracht, in seinen Vermutungen verhöhnt? Solche nicht genau gerechtfertigte, aber bestimmt nicht unberechtigte Gedanken kreuzten meinen Geist, während ich das Antlitz des Fürsten beobachtete, auf dem sich unaufhörlich eine neue Blässe zu der gewöhnlichen hinzugesellte wie Schnee zu Schnee sich gesellt. Seine Lippen schlossen sich immer enger und enger, und seine Augen erglühten von einem inneren, dem des Neides und des Hasses ähnlichen Feuer, selbst dann, wenn er ostentativ dem Talent seines alten Freundes, des seltsamen Possenreißers, der den Tod so trefflich narrte, Beifall klatschte. In einem Augenblick sah ich Seine Hoheit sich zu einem kleinen, hinter ihm stehenden Pagen beugen und ihm etwas ins Ohr flüstern. Der schelmische Gesichtsausdruck des hübschen Kindes wurde von einem Lächeln erhellt; und dann verließ es lebhaft die fürstliche Loge, wie um sich eines dringenden Auftrags zu entledigen.

Einige Minuten später unterbrach ein scharfer, langer Pfiff Fancioulle in einem seiner besten Augenblicke und zerriß mit einem Mal aller Ohren und Herzen. Und von dem Platze des Saales, von wo diese unerwartete Mißbilligung erschallt war, stürzte sich ein Kind mit ersticktem Lachen in den Korridor.

Aufgerüttelt, geweckt aus seinem Traume, schloß Fancioulle zuerst die Augen, schlug sie dann fast sogleich maßlos vergrößert wieder auf, öffnete den Mund, wie um krampfhaft Atem zu holen, schwankte ein wenig nach vorn, ein wenig nach hinten und fiel dann starr und tot zu Boden.

Hatte der wie ein Schwertstreich schnelle Pfiff den Henker wohl getäuscht? Hatte der Fürst selbst die mörderische Wirkung seiner List vorausgesehen? Man darf daran zweifeln. Bemitleidete er seinen teuern und unvergleichlichen Freund Fancioulle? Es ist süß und berechtigt, dies zu glauben.

Die schuldigen Edelleute hatten zum letztenmal bei einem Schauspiel mitgewirkt; in derselben Nacht wurden sie hingerichtet.

Seit damals kamen manche mit Recht geschätzte Mimen verschiedener Länder an den Hof von ***, um zu spielen; aber keiner von ihnen vermochte das wunderbare Talent Fancioulles zurückzurufen, noch dieselbe Gunst zu gewinnen.

Die Neigungen

In einem schönen Garten, wo die Strahlen einer herbstlichen Sonne gerne sich zu verspäten schienen, unter einem schon grünlichen Himmel, über den Wolken wie reisende Länder zogen, plauderten vier Kinder miteinander, vier Knaben, ohne Zweifel müde vom Spiele.

Der eine sagte:

»Gestern nahm man mich ins Theater mit. In großen und traurigen Palästen, in deren Hintergrund man Meer und Himmel sah, sprachen Männer und Frauen, ernste und auch traurige, aber viel schönere und besser gekleidete, als wir überall sehen, mit einer singenden Stimme. Sie drohen einander, beschwören, betrüben einander und stützen oft ihre Hand auf einen Dolch, der in ihrem Gürtel steckt. Ah, es ist sehr schön! Die Frauen sind viel schöner und größer, als die uns heimholen kommen, und obwohl sie mit ihren großen, tiefen Augen und brennenden Wangen furchtbar aussehen, kann man sich nicht enthalten, sie zu lieben. Man hat Angst, man hat Lust zu weinen, und doch ist man zufrieden. Und dann, was seltsamer ist, man bekommt Lust, ebenso bekleidet zu sein, dasselbe zu sagen und zu tun und mit der gleichen Stimme zu sprechen.«

Der eine der vier Knaben, der seit einigen Sekunden den Worten seines Kameraden nicht mehr zuhörte und mit einer erstaunlichen Beharrlichkeit, ich weiß nicht welchen Punkt am Himmel beobachtete, sagte plötzlich:

»Schaut, schaut dort unten! Seht ihr ihn? Er sitzt auf diesem einsamen Wölkchen, diesem feuerfarbenen Wölkchen, das langsam dahinzieht. Auch er scheint uns zu betrachten!«

»Aber wer denn?« fragten die andern.

»Gott!« antwortete er mit einem völlig überzeugten Tone. »Ah, er ist schon sehr weit; jetzt könnt ihr ihn nicht mehr sehen. Ohne Zweifel reist er, um alle Länder zu besuchen. Dort ist er; er will gerade hinter jener Baumreihe vorbei, die fast am Horizont ist, und nun steigt er hinab hinter die Wölbung. Ah, man sieht ihn nicht mehr!«

Und das Kind blieb lange der Richtung zugewendet, indem es auf die Linie, die die Erde vom Himmel trennt, die Augen heftete, in welchen ein nicht wiederzugebender Ausdruck von Begeisterung und Bedauern glänzte.

»Das ist ein Dummkopf, der da mit seinem lieben Gott, den er allein sehen kann«, sagte darauf der dritte, dessen ganze kleine Persönlichkeit von einer eigentümlichen Lebhaftigkeit und Lebensfähigkeit zeugte. »Ich will euch erzählen, wie mir etwas begegnet ist, was euch niemals begegnet, und was ein bißchen interessanter ist, als euer Theater und eure Wolken. Vor einigen Tagen nahmen mich meine Eltern mit auf die Reise, und da es in der Herberge, wo wir halt machten, nicht genug Betten für uns alle gab, wurde beschlossen, daß ich in demselben Bette schlafe wie meine Bonne.« Er zog seine Kameraden näher an sich und sprach mit leiser Stimme: »Das war seltsam, wirklich; nicht allein dazuliegen und im Dunkel in einem Bette mit meiner Bonne zu sein. Da ich wach blieb, vertrieb ich mir die Zeit, während sie schlummerte, damit, daß ich mit der Hand über ihre Arme, über ihren Nacken und ihre Schultern strich. Sie hat Arme und Nacken viel dicker als alle andern Frauen, und ihre Haut ist so weich, so weich wie Seidenpapier. Ich hatte solch ein Vergnügen daran, daß ich es lange fortgesetzt hätte, wenn ich nicht Furcht gehabt hätte; anfangs Furcht, sie zu wecken, und dann noch Furcht vor ich weiß nicht was. Darauf steckte ich meinen Kopf in ihre Haare, die über ihren Rücken hingen, dicht wie eine Mähne, und sie dufteten, sage ich euch, ebenso schön wie die Gartenblumen in dieser Stunde. Versucht, wenn ihr es könnt, so zu tun wie ich, und ihr werdet sehen!«

Der junge Entdecker dieser wunderbaren Offenbarung hatte während seiner Erzählung die Augen weit geöffnet, indem er noch in der Erinnerung staunte, und die durch die roten Locken seines zerzausten Haares glänzenden Strahlen der untergehenden Sonne umleuchteten ihn wie eine schwefelfarbene Aureole der Leidenschaft. Es war leicht zu erraten, daß der da das Leben nicht damit verlieren werde, die Gottheit in den Wolken zu suchen, und daß er sie oft anderswo finden werde.

Endlich sagte der vierte: »Ihr wisset, daß ich mir daheim schlecht die Zeit vertreibe; man führt mich niemals ins Theater; mein Vormund ist viel zu geizig; Gott kümmert sich nicht um mich und meine Langeweile, und ich habe keine schöne Bonne, um mich hätscheln zu lassen. Oft war mir, als ob es meine Lust wäre, immer gerade vor mich hinzugehen, ohne zu wissen wohin, ohne daß jemand sich darum schert, und immer neue Länder zu sehen. Ich war fast noch nirgends und glaube immer, daß es mir anderswo besser ginge, als da wo ich bin. Nun, ich habe auf dem letzten Markt des Nachbardorfes drei Männer gesehen, die leben, wie ich leben möchte. Ihr habt sie dort nicht bemerkt, ihr andern. Sie waren groß, fast schwarz und sehr stolz, obgleich in Lumpen, von einem Aussehen, als brauchten sie niemanden. Ihre großen, dunkeln Augen wurden plötzlich glänzend, wenn sie Musik machten; eine so wundersame Musik, daß man Lust bekam, bald zu tanzen, bald zu weinen, oder beides zugleich, und daß man wie verrückt werden könnte, wenn man zu lange zuhören würde. Der eine schien mit dem Bogen über seine Geige streichend ein Lied zu erzählen, und der andre sah aus, als mache er sich, indem er sein Hämmerchen auf den Saiten eines kleinen Pianos tanzen ließ, das auf einem Riemen von seinem Nacken hing, über die Klage seines Nachbars lustig, während der dritte von Zeit zu Zeit mit seltsamer Heftigkeit auf sein Cymbalon schlug. Sie waren so zufrieden mit sich selbst, daß sie fortfuhren, ihre wilde Musik zu spielen, nachdem sich die Menge sogar zerstreut hatte. Endlich lasen sie ihre Sous auf, luden ihr Gepäck auf den Rücken und zogen davon. Ich, der wissen wollte, wo sie wohnten, folgte ihnen von ferne bis an den Rand des Waldes, wo ich dann allein zu begreifen begann, daß sie nirgends wohnten.

Dann sagte der eine: ›Wollen wir das Zelt aufspannen?‹

›Wahrhaftig, nein!‹ entgegnete der andere, ›es ist eine zu schöne Nacht!‹

Der dritte sagte, das verdiente Geld nachzählend: ›Diese Leute da fühlen die Musik nicht, und ihre Frauen tanzen wie Bären. Glücklicherweise sind wir, ehe ein Monat vorübergeht, in Österreich, wo wir ein freundlicheres Volk finden.‹

›Wir täten vielleicht besser, nach Spanien zu gehen, denn die Jahreszeit schreitet vorwärts; fliehen wir vor dem Regen und nässen uns nur die Kehlen‹, sagte einer der beiden andern.

Ich habe alles behalten, wie ihr seht. Sodann trank jeder ein Glas Branntwein, und sie schliefen ein, die Stirn den Sternen zugekehrt. Ich hatte anfangs Lust, sie zu bitten, mich mitzunehmen und mich ihre Instrumente spielen zu lehren; aber ich wagte es nicht, weil es wohl sehr schwer ist, sich zu etwas Wichtigem zu entschließen, und auch weil ich fürchtete, wieder erwischt zu werden, bevor ich außerhalb Frankreichs war.«

Das wenig teilnehmende Aussehen der drei andern Kameraden ließ mich ahnen, daß dieser Kleine schon ein *Unverstandener* war. Ich betrachtete ihn aufmerksam; es war in seinen Augen und auf seiner Stirn, ich weiß nicht was frührreif Unglückliches, das die allgemeine Sympathie entfremdet, das aber, ich weiß nicht warum, die meine in solchem Maße erregte, daß ich einen Augenblick lang den wunderlichen Gedanken hatte, in ihm könnte ich einen Bruder meines unverstandenen Ichs besitzen.

Die Sonne war untergegangen. Die feierliche Nacht war hereingebrochen. Die Kinder trennten sich, unbewußt den Umständen und den Zufällen nachgehend, um ihr Schicksal zu erreichen, ihre Verwandten zu ärgern und dem Ruhm zuzuneigen oder der Schmach.

Der Thyrsus

An Franz Liszt

Was ist ein Thyrsus? Im sittlichen und dichterischen Sinne ist er
ein heiliges Sinnbild in der Hand von Priestern oder Priesterinnen,
die Gottheit zu feiern, deren Verkünder und Diener sie sind. Aber
tatsächlich ist er nur ein Stab, ein bloßer Stab, eine Hopfenstange,
ein Rebenstock, dürr, hart und gerade. Um diesen Stab wirken
sich und laufen in launenhaften Windungen Bänder und Blumen,
jene geflochten und fliegend, diese wie Glocken geneigt oder wie
umgestürzte Kelche. Und ein wunderbarer Glanz sprüht aus dieser
Verbindung von sanften und lauten Linien und Farben. Ist es
nicht, als verbeuge sich die krumme Linie und die Spirale vor der
geraden Linie und umtanze sie in stummer Bewunderung? Ist es
nicht, als führten all diese zarten Blütenkronen, all diese Kelche,
Ausbrüche von Düften und Farben einen geheimnisvollen Fandan-
go um den Priesterstab auf? Und dennoch, welcher törichte
Sterbliche würde zu entscheiden wagen, ob die Blumen und Ranken für den Stab geschaffen wurden, oder ob der Stab nur der
Vorwand ist, die Schönheit der Ranken und der Blumen zu offen-
baren?

Der Thyrsus ist das Bild Ihrer wunderbaren Doppelseitigkeit,
mächtiger und verehrter Meister, geliebter Bacchant der geheimnisvollen und leidenschaftlichen Schönheit. Niemals erbebte der
Thyrsus, den eine vom unbesiegbaren Bacchus verfolgte Nymphe
über den Häuptern der sinnlos gewordenen Gefährtinnen schwang,
mit größerer Heftigkeit und Laune, als über den Häuptern Ihrer
Brüder Ihr Genius sich regt. – Der Stab, das ist Ihr gerader, fester
und unerschütterlicher Wille; die Blumen, das ist der Ausflug Ihrer
Phantasie um den Willen; das ist das weibliche Element, das um

den Mann seine Zauberkreise zieht. Die gerade Linie und die geschwungene, die Absicht und die Ausführung, die Willensfestigkeit, die Schmiegsamkeit des Wortes, die Einheit des Zieles, die Mannigfaltigkeit der Mittel, die allmächtige und unscheidbare Verschmelzung des Genius – welcher Analytiker wird den schmählichen Mut haben, alle sie zu teilen und alle sie zu trennen?

Lieber Liszt, durch die Nebel, über die Flüsse, über die Städte, wo die Pianos Ihren Ruhm singen, wo die Druckereien Ihre Weisheit überliefern, wo Sie immer auch sein mögen, in dem Glänze der ewigen Stadt oder in dem Nebel der träumerischen Länder, die Gambrinus tröstet, ob Sie Lieder der Lust oder des unsagbaren Leides ersinnen oder Ihre dunklen Betrachtungen dem Papier anvertrauen, Sänger der Wollust und der ewigen Bangigkeit, Philosoph, Dichter und Künstler, ich grüße Sie in Unsterblichkeit!

Berauschet Euch

Man muß immer trunken sein. Das ist alles: die einzige Lösung. Um nicht das furchtbare Joch der Zeit zu fühlen, das euere Schultern zerbricht und euch zur Erde beugt, müsset ihr euch berauschen, zügellos.

Doch womit? Mit Wein, mit Poesie oder mit Tugend, womit ihr wollt. Aber berauschet euch.

Und wenn ihr einmal auf den Stufen eines Palastes, auf dem grünen Grase eines Grabens, in der traurigen Einsamkeit eures Gemaches erwachet, der Rausch schon licht geworden oder verflogen ist, so fraget den Wind, die Woge, den Stern, den Vogel, die Uhr, alles was flieht, alles was seufzt, alles was vorüberrollt, alles was singt, alles was spricht, fraget sie: »Welche Zeit ist es?« und der Wind, die Woge, der Stern, der Vogel, die Uhr werden euch antworten: »Es ist Zeit, sich zu berauschen! Um nicht die gequälten Sklaven der Zeit zu sein, berauschet euch; berauschet euch ohne Ende; mit Wein, mit Poesie oder mit Tugend, womit ihr wollt.«

Die Fenster

Wer von innen durch ein offenes Fenster blickt, sieht niemals so viel wie derjenige, der ein geschlossenes Fenster betrachtet. Nichts ist tiefer, geheimnisvoller, reicher, dunkler, strahlender, als ein Fenster von einer Kerze beschienen. Was man an der Sonne sehen kann, ist immer weniger interessant, als was hinter einer solchen Glasscheibe geschieht; in dieser schwarzen oder leuchtenden Öffnung lebt das Leben, träumt das Leben, leidet das Leben.

Über das Gewoge von Dächern hinweg bemerke ich ein reifes, schon runzeliges armes Weib, das immer über etwas gebeugt ist und niemals ausgeht. Aus seinem Antlitz, aus seinem Kleide, aus seiner Gebärde, aus fast gar nichts bildete ich mir die Geschichte dieses Weibes, oder vielmehr seine Legende, und oft erzähle ich sie mir selbst unter Tränen.

Wenn es ein armer alter Mann gewesen wäre, ich hätte mir die seine ebenso leicht gebildet.

Und ich lege mich zu Bett, stolz darauf, in andern gelebt und gelitten zu haben, außerhalb meiner selbst.

Vielleicht werdet ihr mir sagen: »Bist du sicher, daß diese Legende die wahre ist?« Was tut es, daß sie weit entfernt von der Wirklichkeit ist, wenn sie mir geholfen hat, zu leben, zu fühlen, daß ich bin und was ich bin?

Die Sehnsucht zu Malen

Unglücklich ist vielleicht der Mensch, aber glücklich der Künstler, an dem die Sehnsucht zehrt!

Ich brenne darauf, jenes Wesen zu malen, das mir so selten erschienen und so schnell entflohen ist wie etwas schönes Rührendes hinter dem in die Nacht getragenen Wanderer. Wie lang ist es schon her, daß sie entschwunden ist!

Sie ist schön und mehr als schön; sie ist voll Überraschungen. Die Nacht siegt in ihr: und alles, was von ihr ausgeht, ist nächtlich und tief. Ihre Augen sind zwei Höhlen, in denen unklar das Geheimnis funkelt, und ihr Blick leuchtet auf wie der Blitz: es ist ein Ausbruch in der Finsternis.

Ich möchte sie mit einer schwarzen Sonne vergleichen, wenn man ein schwarzes Gestirn begreifen könnte, das Licht und Glück ausstrahlt. Aber sie läßt mich eher an den Mond denken, der sie ohne Zweifel mit seinem furchtbaren Zauber gezeichnet hat; nicht der weiße Mond der Idyllen, der einer kühlen Gemahlin ähnelt, sondern der finstere und berückende Mond, der im Hintergrunde einer gewitterschweren und von eilenden Wolken zerrissenen Nacht hängt; nicht der friedliche und schweigsame Mond, der den Schlaf reiner Menschen aufsucht, sondern der vom Himmel gerissene, besiegte und aufrührerische Mond, den thessalische Zauberinnen unbarmherzig auf dem erschauernden Grase zu tanzen zwingen!

In ihrer kleinen Stirn wohnt der zähe Wille und die Liebe zur Beute. Dennoch bricht über das unruhige Antlitz, in dem ein reges Naschen das Unbekannte und das Unmögliche einatmet, mit unsagbarer Anmut das Lachen eines großen, roten und weißen und köstlichen Mundes, der von dem Wunder einer stolzen, auf vulkanischem Erdreich entsprossenen Blüte träumen läßt.

Es gibt Frauen, die das Verlangen eingeben, sie zu besiegen und mit ihnen zu tändeln; aber sie erweckt die Sehnsucht, langsam unter ihrem Blicke zu sterben.

Die Wohltaten des Mondes

Der Mond, der die Laune selbst ist, blickte, während du schliefest, durch das Fenster in deine Wiege und sagte zu sich: »Das Kind gefällt mir.«

Und er stieg weichen Schrittes seine Wolkenleiter hinab und trat geräuschlos durch die Glasscheiben. Dann breitete er sich mit der schmiegsamen Zärtlichkeit einer Mutter über dich und streute seine Farben über dein Antlitz. Deine Augen blieben seitdem grün und deine Wangen ungewöhnlich blaß. Als deine Augen diesen Besuch sahen, wurden sie so seltsam groß; und er umschlang so sanft deine Kehle, daß du davon immer den Hang zum Weinen behalten hast.

Indessen erfüllte der Mond in höchster Freude das ganze Gemach wie eine phosphoreszierende Luft, wie ein leuchtendes Gift; und dieses Licht lebte, dachte und sprach: »Du wirst ewig unter dem Zauber meines Kusses stehen. Du wirst schön sein nach meiner Art. Du wirst lieben, was ich liebe und was mich liebt: das Wasser, die Wolken, das Schweigen und die Nacht; das endlose und grüne Meer, das gestaltlose und vielgestaltige Wasser; den Ort, wo du nicht sein wirst; den Geliebten, den du nicht kennen wirst; die unheimlichen Blumen; die Düfte, die verwirren; die Katzen, die auf den Pianos sich krümmen und wie Frauen mit rauher und süßer Stimme stöhnen!

»Und du wirst von den mich Liebenden geliebt werden, angebetet von meinen Anbetern. Du wirst die Königin der Männer mit grünen Augen sein, die ich bei meinen nächtlichen Liebkosungen umhalste; jener, die das Meer lieben, das endlose, stürmische und grüne Meer, das gestaltlose und vielgestaltige Wasser, den Ort, wo sie nicht sind, das Weib, das sie nicht kennen, die finsteren Blumen, die Weihrauchpfannen einer fremden Religion, die

Düfte, die den Willen stören, und die wilden und wollüstigen Tiere, die die Sinnbilder ihres Wahnsinns sind.«

Und darum, du verwunschenes, verwöhntes, liebes Kind, liege ich nun zu deinen Füßen, in deinem ganzen Wesen den Abglanz der furchtbaren Gottheit suchend, des prophezeienden Paten, des vergiftenden Ernährers aller Mondsüchtigen.

Ein Pferd von Rasse

Sie ist sehr häßlich. Sie ist dennoch reizend!

Die Zeit und die Liebe haben sie mit ihren Krallen gezeichnet und sie grausam gelehrt, was jede Minute und jeder Kuß an Tugend und an Frische rauben.

Sie ist wirklich häßlich; sie ist eine Ameise, eine Spinne, wenn ihr wollt, selbst ein Gerippe; aber sie ist ebenso Balsam, Arzt und Zauberin! kurz, sie ist einzig.

Die Zeit konnte weder die wiegende Harmonie ihres Ganges vernichten, noch die unzerstörbare Eleganz ihrer Kleider. Die Liebe verderbte nicht die Lieblichkeit ihres kindlichen Hauches; und die Zeit raubte nichts ihrem vollen Haare, aus dem in fahlen Düften die ganze teuflische Lebenskraft des französischen Südens atmet: Nîmes, Aix, Arles, Avignon, Narbonne, Toulouse, sonnengesegnete, liebliche und wunderbare Städte!

Die Zeit und die Liebe haben vergeblich ihre schönen Zähne zernagt; sie nahmen nichts dem unbestimmten, aber ewigen Reize ihrer knabenhaften Brust.

Vielleicht verbraucht, aber nicht ermüdet und immer eine Heldin, erinnert sie an jene Pferde edler Rasse, die das Auge des wahren Liebhabers erkennt, selbst wenn sie einer Mietkutsche oder einem schweren Lastwagen vorgespannt sind.

Und dann ist sie so süß und so glühend! sie liebt, wie man im Herbste liebt; man könnte sagen, daß der nahende Winter ein neues Feuer in ihrem Herzen entzündet, und die Ergebenheit in ihrer Liebkosung hat niemals etwas Ermüdendes.

Der Hafen

Ein Hafen ist ein schöner Zufluchtsort für eine von den Lebens-
kämpfen müde Seele. Die Weite des Himmels, die bewegliche
Architektur der Wolken, die wechselnden Farben des Meeres, das
Strahlen der Leuchttürme sind ein wunderbar geeignetes Prisma,
die Augen zu fesseln, ohne sie jemals zu ermüden. Die schlanken
Formen der Schiffe mit dem verwickelten Takelwerk, auf welche
die Schlagwelle ihre harmonischen Schwankungen überträgt, dienen
dazu, in der Seele den Sinn für den Rhythmus und die Schönheit
wachzuhalten. Und dann gewährt er besonders eine Art von ge-
heimnisvollem und edlem Vergnügen für denjenigen, der weder
Neugier noch Begierde mehr kennt und von einem Aussichtsturm
oder an den Hafendamm gelehnt alle die Bewegungen derer, die
gehen, und derer, die wiederkommen, betrachtet; jener, die noch
Kraft besitzen, zu wollen, das Verlangen, zu reisen oder sich zu
bereichern.

Fräulein Bistouri

Als ich im Schein der Gaslaternen an das Ende des Faubourg kam, fühlte ich einen Arm sich leise unter den meinen schmiegen und hörte eine Stimme, die mir ins Ohr sagte: »Sie sind Arzt, mein Herr?«

Ich sah mich um; es war ein großes, starkes Mädchen, mit weit offenen Augen, ein wenig gepudert, die Haare mit den Bändern ihrer Kappe im Winde wehen lassend.

»Nein, ich bin kein Arzt. Lassen Sie mich in Ruh.« – »O ja! Sie sind Arzt. Ich sehe es ja. Kommen Sie zu mir. Sie werden sehr zufrieden sein mit mir, kommen Sie!« – »Gewiß, ich werde Sie besuchen, aber später, *nach dem Arzt,* zum Teufel! »… – »Ah! ah!« machte sie, immer in meinen Arm eingehängt und in Lachen ausbrechend, »Sie sind ein Schelm von einem Arzt, ich kannte viele solche. Kommen Sie.«

Ich liebe leidenschaftlich das Geheimnis, weil ich immer Hoffnung hege, es zu lösen. Ich ließ mich also von dieser Begleiterin, oder vielmehr von diesem unerwarteten Rätsel mitschleppen.

Ich übergehe die Schilderung ihrer Höhle; man kann sie in einigen wohlbekannten alten französischen Dichtern finden. Nur ein von Regnier unbemerktes Detail: zwei oder drei Porträts berühmter Ärzte hingen an den Mauern.

Wie wurde ich gehätschelt! Ein großes Feuer, heißer Wein, Zigarren; und indem sie mir diese guten Sachen anbot und selbst eine Zigarre anzündete, redete das komische Ding zu mir: »Tuen Sie wie zu Hause, lieber Freund, machen Sie sichs bequem. Das wird Sie an das Spital erinnern und an die beste Zeit Ihrer Jugend. – Ah! wo haben Sie sich diese grauen Haare geholt? So haben Sie nicht ausgesehen, als Sie interner Arzt in L... waren, es ist noch nicht lange her. Ich erinnere mich, daß Sie bei schweren Operationen assistiert haben. Da war einmal ein Mensch, der gern schneidet und sticht und sägt! Sie haben ihm die Instrumente gereicht, die Fäden und die Schwämme. Und wenn die Operation zu Ende war, sagte er stolz, auf die Uhr blickend: ›Fünf Minuten, meine Herren!‹ – O! ich komme überall herum. Ich kenne alle diese Herren gut.«

Nach einigen Augenblicken begann sie, mich duzend, von neuem: »Du bist Arzt, nicht wahr, mein Kätzchen?«

Dieser unbegreifliche Refrain ließ mich aufspringen. »Nein!« schrie ich wütend.

»Also Chirurg?«

»Nein! nein! Außer, daß ich dir den Kopf abschneide! …«

»Warte«, fing sie wieder an, »du wirst sehen.«

Und sie zog aus dem Schrank einen Bund von Papieren heraus, der nichts anderes war, als eine Sammlung von Porträts berühmter Ärzte unserer Zeit, von Maurin lithographiert, wie man sie vor mehreren Jahren in den Auslagen des Quai Voltaire sehen konnte.

»Schau! erkennst du diesen da?«

»Ja, das ist X. Der Name steht übrigens darunter, aber ich kannte ihn persönlich.«

»Ich hab es gewußt! Und hier ist Z., der in seinen Vorträgen, wenn er auf X. zu sprechen kam, zu sagen pflegte: ›Dieses Ungeheuer, das in seinem Gesicht die Schwärze seiner Seele trägt!‹ Das alles, weil der andere in irgendeiner Angelegenheit nicht seiner Ansicht war! Wie hat man sich damals in der Anstalt darüber belustigt! Erinnerst du dich? – Wart, hier ist K., welcher der Regierung die Revolutionäre denunzierte, die er in seinem Spital behandelte. Das war zur Zeit der Revolution. Wie ist es möglich, daß ein so schöner Mann so wenig Herz hatte? – Und das da ist W., ein famoser englischer Arzt; ich hab ihn auf seiner Reise nach Paris gekapert. Er sieht aus wie ein Fräulein, nicht wahr?«

Und als ich ein zusammengeschnürtes Paket, das noch auf dem Tischchen lag, berührte, sagte sie: »Warte ein wenig; – diese da sind die internen Ärzte und hier drin sind die externen.«

Und wie einen Fächer entfaltete sie eine ganze Anzahl von Bildern, die viel jüngere Physiognomien darstellten.

»Bis wir uns wiedersehen, gibst du mir dein Bild, nicht wahr, mein Lieber?«

»Aber«, sagte ich ihr, indem auch ich meine fixe Idee verfolgte, »warum hältst du mich für einen Mediziner?«

»Weil du so nett und so gut zu den Frauen bist!«

›Sonderbare Logik!‹ sagte ich zu mir selbst.

»O, darin täusch ich mich nicht; ich hab schon eine hübsche Anzahl gekannt. Ich habe diese Herren so gern, daß ich sie, wenn ich auch nicht krank bin, manchmal besuche, nur um sie zu sehen. Manche sagen mir kalt: ›Sie sind überhaupt nicht krank!‹ Aber andere verstehen mich, weil sie in meinen Mienen lesen.«

»Und wenn sie dich nicht verstehen …?«

»Teufel! dann hab ich sie *unnützerweise* gestört, lasse zehn Francs auf dem Kamin zurück. – Die Leute sind so gut und so lieb! – Ich habe in der Pitié [1] einen kleinen Internen entdeckt, der hübsch ist wie ein Engel, und wie höflich, und wie er arbeitet, der arme Bursche! Seine Kameraden sagten mir, daß er keinen Sou besitzt, weil seine Eltern arme Leute sind, die ihm nichts schicken können. Das hat mir Vertrauen eingeflößt. Und schließlich bin ich ziemlich hübsch, wenn auch nicht mehr ganz jung. Ich hab ihm gesagt: ›Komm zu mir, komm oft zu mir. Und mach keine Umstände vor mir, ich brauche kein Geld.‹ Du begreifst, daß ich ihm das auf alle Art zu verstehen gab; ich hab es ihm nicht so geradezu gesagt; ich hatte solche Angst, ihn zu demütigen, das liebe Kind! – Wirst du glauben, daß ich einen dummen

---

1 Hôpital de la Pitié, Krankenhaus in der Rue Geoffroy. (D. Übers.)

Wunsch habe, den ich ihm nicht zu sagen wage? – Ich möchte, daß er mich mit seinen Instrumenten und mit seiner Schürze besucht, und selbst mit ein wenig Blut darauf!«

Sie sagt das mit so unschuldiger Miene, wie ein zärtlicher Mann zu einer Schauspielerin, die er liebt, sagen würde: ›Ich will Sie in dem Kostüm der prächtigen Rolle sehen, die Sie kreiert haben.‹

Beharrlich frage ich wieder: »Kannst du dich an die Zeit und an den Anlaß erinnern, da in dir diese seltsame Leidenschaft zum erstenmal auflebte?«

Ich mache mich schwer verständlich; endlich gelingt es mir. Aber da antwortet sie mir mit sehr trauriger Miene, und, wenn ich mich recht erinnere, sogar die Augen wegwendend: »Ich weiß nicht … Ich erinnere mich nicht.«

Welch seltsame Dinge findet man nicht in einer großen Stadt, wenn man herumzukommen und zu beobachten weiß! Das Leben wimmelt von unschuldigen Ungeheuern! Herr, mein Gott! Du, der du der Schöpfer und Meister bist; du, der du das Gesetz und die Freiheit geschaffen hast; du, der du der König bist, der geschehen läßt, und der Richter, der vergibt; du, der du voll Ursachen und Gründe bist, und der du meinem Geiste die Lust am Entsetzen eingegeben hast, um mein Herz zu bekehren, wie die Heilung in die Schneide eines Messers; Herr, habe Erbarmen, habe Erbarmen mit den wahnsinnigen Männern und Frauen! O Schöpfer! kann es Ungeheuer geben in den Augen dessen, der weiß, warum sie sind, wie sie *wurden*, und was gar geschehen müßte, daß sie *nicht* werden?

Anywhere out of the World

Gleichviel wo – Außerhalb der Welt

Dieses Leben ist ein Hospital, in dem eine jede Krankheit von der Sehnsucht besessen ist, das Bett zu wechseln. Dieser möchte vor dem Ofen leiden und jener glaubt am Fenster zu gesunden.

Es ist mir, als müßt ich wohl immer dort sein, wo ich nicht bin, und diese Frage des Herumschweifens gehört zu den Fragen, die ich mit meiner Seele unaufhörlich erörtere.

»Sage mir, meine Seele, arme, kühl gewordene Seele, was dächtest du davon, in Lissabon zu wohnen? Es soll dort warm sein, und du würdest wieder munter werden wie eine Eidechse. Diese Stadt liegt am Rande des Wassers; man sagt, sie sei aus Marmor gebaut und das Volk besitze einen solchen Haß gegen jedes Gewächs, daß es alle Räume ausreiße. Das ist eine Landschaft nach deinem Geschmack; eine Landschaft von Licht und Stein, und das Wasser, um sie zu spiegeln!«

Meine Seele antwortet nicht.

»Da du so sehr die Ruhe mit dem Schauspiel der Bewegung liebst, willst du nach Holland wohnen gehen, diesem beseligenden Land? Vielleicht wirst du dich in diesem Lande vergnügen, dessen Bild du oft in den Museen bewundert hast. Was denkst du von Rotterdam, die du die Mastenwälder liebst und die zu Füßen der Häuser verankerten Schiffe?«

Meine Seele bleibt stumm.

»Vielleicht würde dir mehr noch Batavia lächeln?

Wir fänden dort übrigens den europäischen Geist mit der tropischen Schönheit vermählt.«

Nicht ein Wort. – Sollte meine Seele tot sein?

»Bist du also an diesem Punkt der Erstarrung angelangt, daß du an dir selbst nur in deinem Unglück Gefallen findest? Wenn es so ist, so fliehen wir in Länder, die dem Tode ähnlich sind. – Ich begreife unsere Lage, arme Seele! Wir schaffen unsere Koffer nach Torneo. Gehen wir noch weiter, an das äußerste Ende des Baltischen Meeres: noch weiter vom Leben, wenn es möglich ist; lassen wir uns am Pol nieder. Dort streift die Sonne nur schräg die Erde, und der langsame Wechsel von Licht und Nacht unterdrückt die Mannigfaltigkeit und erhöht die Eintönigkeit, diese halbe Verborgenheit. Dort werden wir lange Bäder im Dunkel nehmen können, trotzdem zu unserer Zerstreuung uns von Zeit zu Zeit die Nordlichter ihre Rosengarben senden werden wie Widerscheine eines künstlichen Feuers der Hölle!«

Endlich brach meine Seele in den einfachen Ruf aus: »Gleichviel wohin! Gleichviel wohin! Ist es nur außerhalb dieser Welt!«

Biographie

1821 *9. April:* Baudelaire wird in Paris geboren. Er verbringt eine unglückliche Kindheit und Jugend, die ebenso prägend für seine literarische Laufbahn ist wie die Beziehung zur dunkelhäutigen Jeanne Duval, von der Details in die frühe Novelle »La Fanfarlo« (1847 »Die Tänzerin Fanfarlo«) eingeflossen sind.

1827 Sein Vater, der Pfarrer in Chalons-sur-Marne ist und sich später den Jakobinern anschließt, stirbt mit 67 Jahren, als Baudelaire sechs Jahre alt ist.

1828 *November:* Ein Jahr später heiratet seine Mutter Caroline den General Jacques Aupick, dessen strenge Erziehung den Jungen bald rebellieren lässt. Der sensible Knabe ist eifersüchtig und steigert sich in einen unversöhnlichen Hass gegen den Stiefvater hinein. Baudelaire wird zum »Melancholiker«. Die Vorstellung, sein Leben könne nur tragisch verlaufen, entsteht bereits während der Schulzeit in Lyon.

1836 Die Familie lebt wieder in Paris. Baudelaire besucht das Lycée Louis-le-Grand und ist ein begabter, aber melancholischer Schüler. Wegen einer Kleinigkeit wird er von der Schule verwiesen.

1838 Da er in der Pariser Bohème untertaucht, schickt ihn sein Stiefvater auf eine Reise nach Kalkutta.
Bei Mauritius verlässt er jedoch das Schiff, kehrt nach Paris zurück und fordert die Auszahlung seines väterlichen Erbes. Das Geld gibt er hauptsächlich für Alkohol, Drogen und Frauen aus.

1842 Eine Erbschaft macht ihn finanziell unabhängig. Von nun an führt er das ausschweifend-exzentrische Leben eines

Dandys, das darauf abzielt, seine bürgerliche Umwelt zu schockieren (unter anderem färbt er sich einmal die Haare grün). Die riesigen von ihm ausgegebenen Summen allerdings übersteigen Baudelaires Möglichkeiten, so dass er sich verschuldet und später versuchen muss, seinen Lebensunterhalt durch journalistische Arbeiten zu bestreiten. Baudelaire betätigt sich nun als Journalist, Schriftsteller und Übersetzer, um jedoch sein finanzielles Problem in den Griff zu bekommen, arbeitet er vorerst als Kunstkritiker.

Die ersten Gedichte veröffentlicht er unter Pseudonym.

Da er das Erbe seines Vaters fast aufbraucht, lässt ihn seine Mutter entmündigen. So bleibt ihm wenigstens noch eine Rente von 200 Franken im Monat. Das Zivilgericht teilt ihm einen Vormund zu.

1845 und 1846

Die kunsttheoretisch bedeutenden Abhandlungen »Les Salons«, mit denen der Autor die Aufmerksamkeit auf zeitgenössische Künstler wie Honoré Daumier, Édouard Manet und – vor allem – Eugène Delacroix lenkt, erscheinen.

April: »Le Salon de 1845« erscheint, den er unter eigenem Namen veröffentlicht.

Juni: Er schreibt sein Testament, in dem er alles Jeanne Duval überschreibt, und unternimmt einen Selbstmordversuch. Nach einer kurzen Versöhnung mit seiner Familie kommt es wieder zum Bruch mit seinem Stiefvater.

1848 Bekannt wird Baudelaire durch seine Übersetzung der Werke Edgar Allan Poes. Man feiert Baudelaire als einen erfahrenen literarischen Handwerker.

Es kommt wegen seiner Beziehung mit Jeanne Duval zum totalen Zerwürfnis mit seiner Mutter. Seine Eltern verlassen Paris, Aupick wird erst Botschafter in Konstantinopel, dann in Madrid. Baudelaires Krankheit, die Syphilis, bricht jetzt wieder aus. Seine Mutter besucht ihn und trifft ihn völlig verarmt an.

1852   *Frühjahr:* Die erste größere Studie über Edgar Allen Poe in der »Revue de Paris« erscheint.

1855   Er wechselt in einem Monat sechsmal das Hotel und kann meist die Miete nicht bezahlen.

1857   Das Projekt seiner Übersetzungen wird mit den Erzählungen Poes abgeschlossen.

Baudelaires epochales Hauptwerk, der Gedichtzyklus »Les Fleurs du mal« (»Die Blumen des Bösen«), der erstmals die große Stadt (Paris) zum Helden macht, erscheint. Sein Werk wird auch im literarischen Salon der Madame Sabatier, dem auch Flaubert angehört, diskutiert. Unmittelbar nach der Veröffentlichung wird Baudelaire wegen Erregung öffentlichen Ärgernisses angeklagt, woraufhin er nicht nur eine Geldstrafe zahlen, sondern auch sechs als besonders unmoralisch eingestufte Gedichte zurückziehen muss (diese Zensurmaßnahme wird erst 1866 aufgehoben).

1860   Mit dem Prosaband »Les Paradis artificiels. Opium et haschisch« (»Die künstlichen Paradiese. Opium und Haschisch«) distanziert sich Baudelaire von seinen Versuchen einer Bewusstseinserweiterung mittels Drogen (Wein, Opium, Haschisch) und stellt dieser Mode der Pariser Boheme die Schöpferkraft des Dichters entgegen.

Ein zweiter Teil des Buches übersetzt Auszüge aus Thomas de Quinceys »Confessions of an English Opium-Eater« (1821/1822) teilweise wörtlich ins Französische.

Zwischen 1864 und 1866

Baudelaire lebt in Belgien, wo er infolge der Syphilis eine Paralyse erleidet.

Schulden, Krankheit, eine fortschreitende Lähmung und Sprachstörungen hindern ihn dann an weiterer Arbeit. Baudelaire gilt als Begründer des Symbolismus und prägt für seine Dichtung den Begriff »Moderne«.

1866 Baudelaire kehrt durch seine Krankheit angeschlagen und völlig ausgezehrt nach Paris zurück.

1867 *31. August:* Er stirbt in einer Pariser Anstalt.

1869 kommen posthum Baudelaires Prosagedichte »Le Spleen de Paris« heraus. Sie sind gleichsam als Gegenstück zu »Les fleurs du mal« geplant (Teile sind bereits 1857 in der Zeitschrift »Le Présent« erschienen). Ebenfalls aus dem Nachlass werden »L'art romantique« (1886 »Die Kunst der Romantik«), »Curiosités esthétiques« (1868 »Ästhetische Merkwürdigkeiten«) und »Journaux intimes« (vollständig erstmals 1887, »Intime Tagebücher«) herausgegeben.